Val McDermid ∽ **Arthur R[...]**

Mo Sheanmhair
an
Spùinneadair

Dha Cameron – Mura biodh e,
cha bhiodh seo a' tachairt – V. McD.

Dha Katie agus Olivia, le gaol – A.R.

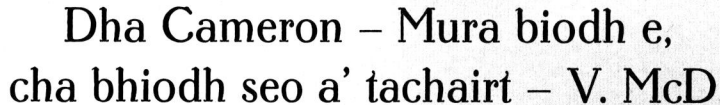

A' chiad fhoillseachadh sa Bheurla an 2012 le Orchard Books
338 Euston Road, Lunnain NW1 3BH
Orchards Books Astràilia, Level 17/207 Kent Street, Sydney, NSW 2000

A' chiad fhoillseachadh sa Ghàidhlig 2013 le Acair, 7 Sràid Sheumais,
Steòrnabhagh, Eilean Leòdhais HS1 2QN

www.acairbooks.com   info@acairbooks.com

© an teacsa Bheurla Val McDermid 2012
© nan dealbh Arthur Robins 2012
© an teacsa Ghàidhlig Acair 2013

An tionndadh Gàidhlig Tormod Caimbeul
An dealbhachadh sa Ghàidhlig Mairead Anna NicLeòid

Tha Acair a' faighinn taic bho Bhòrd na Gàidhlig.

Fhuair Urras Leabhraichean na h-Alba taic airgid bho Bhòrd na Gàidhlig
le foillseachadh nan leabhraichean Gàidhlig Bookbug.

Gheibhear clàr catalog CIP airson an leabhair seo ann an Leabharlann Bhreatainn.

5 7 9 10 8 6 4
Clò-bhuailte ann an Sìona

LAGE/ISBN 978-0-86152-521-8

Val McDermid ～ Arthur Robins

Mo Sheanmhair an Spùinneadair

A' Ghàidhlig le
Tormod Caimbeul

acair

Tha sgeul-falaich aig mo theaghlachsa
Tha còir agam a chleith
Ma dh'innseas mi gheibh mi
mo mhì-thalamh 's cha mhotha
gheibh sibhse às

Mar sin, ma dh'innseas mi idir
An sgeul seo a th' agam dhuibh
Geallaibh air an doubloon òir
Nach cluinn duin' eil' i a chaoidh.

SEO MA THA AN
SGEUL-FALAICH……

Tha mo ghranaidhsa Na SPÙINNEADAIR!

Sheòl i na cuantan mòr.

Is iomadh spùinneadair eile
A dh'fhàg i gun aon bhonn òir.

Thòisich i san t-seòmar aic'
An uair sin suas an crann,

Son dearcadh soitheach spùinneadair
Cha robh a samhail ann.

Bha i fiadhaich anns a' chath
Chaidh a cliù air feadh an àit'.
Na spùinneadairean is eagal orra
Gun sgriosadh i gach bàt!

Bha spùinneadair de phioghaid aice
Bhiodh a' feadalaich 's a' seinn.

Ach abair thusa spòrsa
Nuair a thòisicheadh i danns.

Mo sheanmhair, tha i na spùinneadair
Sheòl i na cuantan gorm.
Is ghlac i mòran bhàtaichean

Le spùinneadairean borb.

Thug i orra an deic a' sgùradh.

Cuid chuir i "choiseachd a' phlanc".

'S chaidh cisteachan làn de dh'òir
A slaodadh dhan a' bhanc.

Bidh i seinn nan òran seòlaidh
'S a' coiseachd leis a' chù.

An t-ainm aige
JOLLY ROGER

JOLLY ROGER

'S bidh e 'g òl à baraille bùrn.

An àm dhan ghrian a bhith dol sìos
'S iad aig acair anns a' bhàgh,
Dh'fhalbh i fhèin, a' phioghaid 's an cù,
Is dh'fhàg iad càch fo rùm sa bhàt'.

Dh'fhalbh iad ann an geòla còmhla
's rinn iad dìreach air an tràigh.
Cho socair, sàmhach, rinn i iomradh,
Cha chluinneadh tu fuaim nan ràmh.

A-staigh ann an uaimh tha uaigneach
Tha seòmar aicese dhith fhèin
Bha a h-aodach anns a baga-làimhe,
'S nuair a fhuair i 'n ad ud ceart ma ceann,
Suas an trannsa, ceum air cheum,
An cù 's a' phioghaid a' coimhead na dèidh.

Mu thimhcheall na làraich sin
Tha iomadh seòrsa taibhs,

Bòcain agus
cnàmharlaich

A' sgiathalaich
tron oidhche

'S an còmhnaidh far am bi spùinneadairean
Bidh ionmhas faisg air làimh.

'S chaidh na cnàmharlaich le chèile
A' spùinneadh bhos is thall.

Is rach iad sìos an trannsa lùbach,
Chluinneadh tu glagadaich nan glùinean.
'S a' tighinn suas – cailleach le cabhaig . . .

Cò bh' ann ach GRANAIDH
's i le BAGA!

Choinnich iad a' meadhan na staidhre,
Na cnàmharlaich is Granaidh.
Leig a' phioghaid aiste sgreuch . . .

Mus do thòisich iad A' SABAID!

Na faiceadh tusa an uair sin
Na cnàmharlaich air an sgapadh.
Chaidh iad gu lèir na mìle pìos
Nuair a thilg i orra am baga.

Is fhuair an Jolly Roger
Na cnàmhan a b' fheàrr

Is dh'òl iad slàint' a chèile
Às mugannan a' cheàird.

Tha mo sheanmhair-sa na spùinneadair
An fhìrinn a tha agam.
Thuirt i rium 's mi air an stiùir –
'S gun ann ach a' phioghaid is an cù –
Mura h-innsinn e dha duine
Gum bithinn-sa an uair sin

NAM SPÙINNEADAIR CUIDEACHD.